白原 果樹
Kaju Shirohara

地図にない場所

文芸社

イラスト：Kaju Shirohara

いつか

僕が突然消えてしまったら、
あなたは許してくれるだろうか。
僕のために涙してくれるだろうか。

いつかくる最期(おわり)が、
もしかしたら明日かもしれない。
そんな「もしも」の為に
僕は僕が生きていた証を残しておきたい。

地図にない場所

I

a will

	P		P	
日常	7	15	僕ら
陽の当たる場所	8	16	現代童話の結末
大きな空の下で	9	17	オレンジの花
ポプラ	10	18	見えない傷口
一年後	11	19	羽根のない背中
無関心	12	20	クリスマス・ローズ
秘密	13	21	反省文
ブライアー・ローズ	14	22	シペラス

---

will [wíl] 名 1 ◯U (the〜)意志；◯C 意志力. 2 (the [one's]〜)願望，意図. 3 (単数形)(…する)目的，堅い決意；意地，固執(*to* do). 4 (one's [the]〜)(文)命令. 5 ◯U◯C (他人に対する)気持ち，態度. 6 〔法〕遺言；遺言書.

日 常

何となく生きていくって事を繰り返したくなくて、
自分の使命っていうものが欲しくなった。
そうすれば退屈な日々なんてこなくて、
生きていくという言葉をもっと欲しくなるって、
死ぬなんて言葉を忘れていくんじゃないかって、
死ぬ事がとても恐ろしくなっていくんじゃないかって、
そんな気がした。

陽の当たる場所

何の予定もない休日
君はいつまでそこでじっとしているつもりなの？
ほら、
空が青く輝きはじめたら外へ出てみようよ。
風とともに歩いてみようよ。

君が前に進んでいけば、
世界が変わっていくかもしれないよ。
君も世界を変える可能性をもっているんだから。

大きな空の下で

いつかこの大きな空に両手いっぱい広げて
「僕はココにいるよ」と声をはりあげて言えたなら、
どれだけの人が笑みを返してくれるだろうか。

ほほ笑んでくれる人が多ければ多いほど、
僕は今生きている事を嬉しく思うだろう。
そして、その人たちを
もっと大事にしなければならない事を知るだろう。
ほほ笑んでくれる人が少なければ少ないほど、
僕は今生きている事をみじめに思うだろう。
きっと過去の自分をふりかえって、事の重大さを知るだろう。
そして、それを今の自分にぶつけて、これからを考えるだろう。

自分を認めてくれる人が多くても少なくても、
人生は最期までわからないものだから、
今の自分に満足してないで、
もっともっと上を目指していこう。
もっともっと上へ。
誰にも負けない自分になれるように。

I. *a will*

ポプラ

きっと僕は、
誰かがこの背中を押して
GOサインを出してくれるのをずっと待ってたんだ。
世界は複雑に入りくんでいて予測なんてできないから、
いつまでもこの一歩を踏み出せなかった。
自ら進んでゆく勇気がなくて、
誰かの声を待ってた。
一度踏み出したら二度と戻せないから臆病になってたんだ。

だけど僕は行く事にした。
まちがっていてもバカにされてもいい、
叶えたい願いと夢がここにあるから行くんだ。
誰かの声なんてないんだと気づくのは遅かったけど、
僕は僕と生きていくことに終わりなんてない事を知ったから、
確かな一歩を踏み出してみるよ。
叶えたい願いと夢がここにあるから。

一年後

桜の花が咲いて、
また別れが一歩ふみだした。

来年またこの桜が咲く頃、
僕はどこにいるんだろう。

無関心

青い絵具をぶちまけたような空は
今日もため息をこぼしていました。
そのため息は風に流され、
やがて形を変えて消えていきます。

そんな事も知らずに僕らはここにいます。
青い空は一体何を包んで、
まぶしく輝く太陽は一体誰を、
　　　何を照らしているのかなんて、
考える事なく僕らはここにいます。

秘 密

誰にも言えない幸せがあって、
誰にも譲れない幸せがある。

誰にも言えない夢があって、
誰にも譲れない夢がある。

ブライアー・ローズ

こんな僕だけど、「守るべきモノ」があるとしたら
僕は僕の総てをかけて守ってみせるよ。
もちろん簡単じゃない事は分かっている。
犠牲や傷つく事も覚悟しているつもり。
だけど、
「守る」という事は「喜び」でもある事を僕は知っている。
その「喜び」から、またひとつ「何か」を知っていって、
またひとつ「何か」が成長していく。

二面性をもつ「守るべきモノ」に、
僕は義務という言葉を憶えていくのかもしれない。
居場所を見つけていくのかもしれない。
もしかしたら、
「守るべきモノ」に守られている事を
知る時が来るかもしれない。
その時が来たなら、
僕は僕の事をもっと知る必要があると気づくだろう。
「守るべきモノ」にふさわしい自分になれるように。
もっともっと近づけるように。

僕ら

今が楽しくて、今日を越えていきたくなくて、
でも時は繰り返しとまる事なく明日を連れてきて、
また僕らは別々の道を歩きだした。

今日も僕らは別々の道に立って、
別々の環境の中で生きて、
それなのに、
お互いの事、お互いの存在はわかち合っていて、
また顔を合わせると、あいかわらずな僕がはじまっていく。
それがあるから僕は生きていられるのかもしれない。
安らげる場所があるから僕は生きていけるのでしょう。

もしも、明日会えなくて、
しばらく会えない時期がおとずれても、
僕らには見えない絆があると信じて、
どこに居ても、
どんな事でも、どんな時でも、
僕らの存在を忘れないでいれば、
僕はこれからも生きてゆけるでしょう。
再び僕らが再会できる事を強く願って……。

現代童話の結末

失ったモノが何かに結びついて
童話になればいいと思った。

だけど、現代では
あんなできすぎた話にするには難しすぎる。
途中で落としてしまったガラスの靴でさえ、
こんな現実じゃ、
誰かの目にとまったとしても、それを手にする人はいなくて。
きっと最後はゴミ箱なんかに捨てられて、
結末をむかえられずに消えていくんだ。

現実はそんなもの。
偶然な運命(であい)があっても
終わりは誰にもわからないもの。

オレンジの花

要らないモノだと捨てたそれが、
本当は一番大切なモノだと知った時、
そのかわりになるモノを探しに出かけた。
失ったモノはこの手に二度と戻る事なく、
かわりに手にしたモノなんかじゃ心が満たされなくて、
時を戻す事ができる魔法があればいいのに、と
つぶやいてみたり。

あの頃の僕は、
一番大切なモノが何だかわからなくって、
でも、本当はそれに気づきたくなかっただけで、
認めたくなかっただけで、
いつのまにかそばにある当たり前な事を見過ごした時、
総てを無くした時、
はじめてそれが一番大切なモノだと気づいたんだ。

見えない傷口

その言葉は鋭くとがった矢のように、
この心を貫いて、
永遠に消えない、癒える事のない傷を負った。

時にその傷が痛みだし、
あの頃の記憶が蘇る事もあるけれど、
でも何も言わない。
口に出しても何も変わらないし、
過去が戻るわけでもない。

もしも、あなたがあの事で心が痛み出す事があったなら、
忘れないでほしい。
お互いに同じ傷と同じ過去を抱えているという事を。

羽根のない背中

今にも泣き出しそうな空は
僕に何を与えてくれるの？
澄み切った青い空は
僕に何を教えてくれるの？

僕は期待しすぎてたのかもしれない。
生きていれば、
誰かが何かを与えてくれると思ってた。
生きていれば、
誰かが何もかも教えてくれると思ってた。
本当は違うんだと気づいたのは、
あなたの手を離れて自分(ひとり)で歩き出した時。

あなたは優しさを与えてくれた。
いろんな事を教えてくれた。
これからはひとりでがんばってみるよ。
まだおぼつかない足で歩きながら、
何かにつかまりながら、
それでもひとりで生きていけるように。

クリスマス・ローズ

本当は誰かに言ってほしかったんだ、
もう強がる必要はないんだよって。
泣きたい時は声をあげて泣いていいんだよって。

何もかも自分の中にしょいこんで、
苦しんで、
もがいて、
痛みに耐えながら、
でも、いつかは誰かが手を伸ばして
この僕を暗闇から連れ出してくれるのを、
心のどこかで願ってる。

きっと誰かが教えてくれるのを待ってたんだ。
君はひとりじゃないって、
強く生きていこうと決めつけないでって、
もっと自分に正直にならないと心がゆがんでしまうよって。
いつか、こんな僕を見つけて、それを告げてくれたなら、
今よりももっと
生きていくことの意味を知っていくんだろうね。

反省文

そういえば、僕はいつも周りばかり気にしてた。
他人が僕をどう思っているか、気になってた。
それは僕が僕に完璧を求めていた証なんだろう。
ある時は友達や自分さえも疑っていた。
そのうち、僕は、自分の周りに境界線をはるようになっていた。
侵入を許されるモノと許されないモノ。
それはいつも僕の中の何かが決めていた。

僕は束縛を嫌う。
だけど、それは
自分で自分を縛ってただけじゃないかって気づいたんだ。
自分の中の常識に一途(いちず)に従いすぎてたんだ、と。
この束縛があったから僕は何も受け入れたくなかったんだ。
自分の事は誰にでも知ってほしかったくせして、
誰にも心を開けずにいたんだ。
相手の気持ちを気づかいながら言葉を選んできたけど、
半分以上は裏目に出て、傷つけてきたと思う。
事あるごとに自分を犠牲にしてきたのは、
きっと周りを気にしすぎていた結果なんだろうね。

自分をこんなにしたのは、環境でも誰のせいでもない、
周りにうまくついていこうとした自分のせいかもしれない。
皆、ごめんね。
こんな僕で、ごめんね。

シペラス

もしも僕が死んでしまって、
声を殺せないほど泣く誰かがいるのなら、
僕は風を吹かせてなぐさめましょう。
泣き顔をかくしてくれる雨を降らせましょう。
もしも僕の名前をしっかりと心に刻みつけた誰かがいるのなら、
僕はその人に泣いた事も忘れるくらいの喜びをあげましょう。
感動をあげましょう。

僕がここから飛び立ってしまっても、
あなたはまだ生きていけるのだから、
どうか幸せでいて。幸せでいて。
僕が望むのはただそれだけ。
そうしたら僕は安心して新しい世界へ行けるから。

地図にない場所

II

12th theater

	P		P
a lost child	25	31	a reward for a good deed
red shoes	26	32	temperature
coral reef	27	33	grief
witchcraft and wild rose	28	34	farewell
petitioner	29	35	consciousness
wild flowers	30	36	the beginning

---

the・a・ter, (英)**-tre** [θíːətər|θíə-] 图 **1** 劇場；(主に米・豪・カナダ) 映画館 ((英)cinema)；(the～)(集合的)(劇場の)観客. **2** 階段教室, 階段式講堂；(英)手術教室. **3** 劇団, 一座；Ⓤ(the～)演劇(界)；(しばしばthe～)(集合的)(一作家・一国などの)演劇作品, 劇文学. **4** Ⓤ劇の上演のできばえ[効果]. **5** (活動などの)舞台；(重要事件の)現場；〔軍〕戦域. **6** (自然の)段丘, 段々状の土地.

a lost child

ひとり、裸足で何も持たずに
深い森の中を
深い霧の中をあてもなく歩いていたのは
生まれたばかりの陽の光が大地に転がる頃。

ここはどこ？
樹々も動物たちも鳥たちも
一度として目を合わせようとしない。
嫌われているのね。
霧はどこまでもその白い腕を伸ばして、静寂を築きあげていく。
迷子なの。迷子にこれ以上の迷路は必要ないのよ。
切り傷だらけの足の前に、もしもお菓子の家が現われたら、
むきだしの汚れた腕で扉をあけましょう。
でも、このお菓子は食べないのよ。
きっと生きては帰れないわ。
この森は人間を嫌ってるの。
だから排除する為に毒をぬったお菓子の家を作って、
ワナにかかるのを待ってるのよ。

そろそろ迷子には飽きてきたわ。疲れてきたわ。
さあ、おうちへ帰りましょう。
……だれも帰り道を教えてくれないのね。
それじゃ、森に火をつけて焼け野原にしましょう。
そうしたら迷わずにおうちへ帰れるわ。

red shoes

さあ、今すぐここから去りなさい、逃げなさい。
あいつはその赤い靴が気に入ってるの。
手元にないと知ると、狂ったように探しまわるはずよ。
さあ、ずっと走り続けて逃げなさい。
これはあなたが他人のモノに無断で手をだしたバツよ。
きっとあいつは、あなたのことを知ったら、
勢いで殺しちゃうかもしれないわね。

え？　靴がぬげないって？
それはそうよ。
それは魔法の靴だもの。
あいつなら簡単にその足から取り上げることができると思うわ。
ごめんなさいね、力になってあげられなくて。
だけど、まったく方法がないわけじゃないわ。
あいつから逃げきる方法、それは
その足を切り落としてしまうことよ。
それと、その靴がなぜそのように
燃えるような鮮やかな赤色をしているかというとね、
たくさんの赤い赤い血で染められたからよ。
信じるかどうかはあなた次第だけど。

もうそろそろあいつが帰ってくる時間だわ。
あなたが無事にここへ帰ってくることができるのを願ってるわ。
ええ、あなたの好きな紅茶を用意して待ってるから。

coral reef

この海に体を沈めたのは誰？
この海に愛を閉じ込めたのは誰？
すべて自己満足のかたまりね。
平静を装って新しい自分になったつもりでも、
その髪をとかす櫛が二つに折れてしまったら、
必ずあなたは月明かりを見上げて悲しい顔をするのよ。
そうして自分の愛がまだ続いている事をあらためて知るのよ。
あなたはその愛を海の泡としたはずよね？
あの人に裏切られたのに刃をむける勇気もなかったしね？
その刃を自分にむける勇気はあったけれど。

その勇気を認めて、今一度チャンスをあげるわ。
あなたを珊瑚の岩に縛りあげるのよ。
その後、あの人にその事を伝えてあげる。
あの人はあなたを助けに来るかしら？
すぐに来てくれるかしら？
もし、ここに来てあなたを助けたなら、
２人でどこへでも行きなさい。
もしも、どれだけ待っても来ないのなら、
あなたはあきらめるべきよ。
さあ、はじめましょう。
あなたが好きな珊瑚の岩を舞台にしてあげるから、
あの人が来てくれることを祈ってるといいわ。

witchcraft and wild rose

そう、あなたはいつも幸せそうな声をあげて笑うの。
欲しいモノをすべて手に入れ、心は満たされていて、
私の存在なんて知らなかったでしょう？
そんなあなたが嫌い。
だからといって殺して罪をかぶるなんて嫌。
そうね、甘い甘い永遠の眠りなんてどうかしら？
眠る前に一つだけ確かな事をあげる。
誰かがこの魔法を解く日は必ずやってくるわ。
泥棒かしら、冒険家かしら、狩人かしら、それとも……。
それまで思うまま夢を見続けるといいわ。
大丈夫心配しないで。ひとりにしない。
あなたが愛する人たちも永遠の眠りにつくの。
あの庭の野バラは人の手を離れて
自由に根を伸ばして、わがままに生きていくわ。
野バラは番犬、誰にもなつかないの。
鋭い牙をひそませて、呪われた大地を這うの。
そしてその手足に、その体に、その首に蔓がからまり、
棘付きの真っ赤な花が咲く事でしょう。
それでもあなたは生きているのかしら？
何も知らずに眠り続けるのかしら？
誰かの助けが早いか、野バラにまかれて死ぬのが早いか。
さようなら、私を苦しめた人。
おやすみなさい、時を止める者たちよ。
もう二度と会わなくなる事を嬉しく思うわ。

petitioner

夢からさめて、別人になっていたらいいなと思った。
なりたい私になっていたらいいなと思った。
だけど、鏡の中にはいつもの私。
赤い髪がそこにあって
そばかすも消えないの。
嫌いなの
苦しいの

こんな髪なんて切り落としてしまえばいいのよ。
私の視界に入らないぐらいに。
そばかすなんて、どこかで薬品を手に入れて、
消してしまえばいいのよ。
もうすぐ私は別人になるの。
そうしたらきっと自分を好きになるわ。
さよならよ、みにくい子。
このハサミで切れるかしら？
切った髪の切り口から血が流れても、後悔しないのよ。
昨日と同じ私はいらないの。
もうすぐ私は別人になるの。
そうしたらきっと自分を好きになるわ。

wild flowers

その花は両手を広げて空を見ていたの。
朝になると誰よりも早く朝日を浴びながら、
朝露で顔を洗っていたわ。
昼になって蜜蜂がやってくると、
自分の蜜をわけていたわ。
夜になると月の光を浴びて、
まるで別人のように輝いていたわ。
いつも風を受けて、
風鈴のように揺れていたの。

だけど、もう枯れてしまうの。
この地球さえ澄んでいればもっと生きていけるはずなのよ。
もっともっときれいな花がまだここにあるはずなのよ。
すべては汚れてしまったわ。

それでも両手を広げて咲いていたのよ。
その強さ、ください。
生きていく強さと、現実を受けとめる強さを、今ここに。
これから生きていく私のために。

a reward for a good deed

陽が落ちて、星が輝く時間になったら、
誰にも気づかれないように窓から出ていくの。
自転車のペダルを力強くまわして、あの丘へ行くのよ。
白い花を敷きつめたあの丘へ。
坂道やけもの道だってもう平気、恐くないのよ。
ほら、見えてきた。
大きな月がそこにあって、その光が花畑を照らしていて、
星が数え切れないほど夜空に散らばっているのがわかる？

今日も待つわ。
星がここに落ちてくるのを。
いい子にしていれば、神サマがご褒美に星をくれるって
誰かが言ってたのを信じて、いい子にしてたのよ。
だから、まばたきが邪魔になるくらい、夜空を見上げ続けるわ。
まだかしら、まだかしら。

今日こそはこの小ビンに詰めて帰るの。
そして、いつも側に置いておくの。
私の名前と私の愛を刻みつけて、憶えさせて、
時が来たらまた空へと帰してあげるつもり。
夜になれば、その星は私だけを見ていてくれるの。
いつもいつもひとりじゃないっていう証になってくれるはずよ。
だから待つの、星が降ってくるのを。

temperature

ねえ、この手を離してあなたはどこへ行くの？
私はひとりで歩けないのよ。
もう一度ここへ来て、この腕をつかんで。
ねえ、お願いよ。
大好きなお菓子ももう食べないわ、本当よ。
大好きなチョコレートもアップルパイも食べないでいるから。
留守番だってちゃんとひとりでできるようになるから。
だから約束して、ここにいると。
この手が届かない場所へ消えていかないで。
私をひとり、ここへ置いていかないで。
ずっとずっとここに居てほしいの。

ねえ、その目を早く開けて私を見て。
ねえ、どうしてこうやって手を握っているのに
私の体温はあなたに伝わらないの？
どうして冷たいままなの？
この声が聞こえているのなら、どうかいつものようにほほ笑んで。
もっともっといい子にするから、言う事をきくから。
ねえ、お願い、その目で私を映して。
約束して、私をひとりにしないって。
　　　　　　どこにも行かないよって。
そして笑いながらその手を伸ばして。

grief

ねえ、お願いだから僕のことをいらないなんて言わないで。
僕はそんな人間じゃない。
お願い、そんな目で僕を見ないで。
僕は醜くて弱い生き物だってわかってる。
だけど、僕の存在を否定しないで。
ねえ、わかる？
僕は人形でも遊び道具でもないんだよ。
よく見て、その目でよく見て。
この涙も本物なんだよ。
だから僕を認めて。
いつかこの手から血がこぼれ落ちる前に、
壊れてしまう前に。
ねえ、僕にその手をさしのべて、そして笑って。
でないと、僕は消えるしかないから。
遠い、誰の目にもとまらない場所に消えるしかないから。

farewell

君は僕を見下ろして言った
「ここから飛んでみせるよ」
そして、空を指さした
「大丈夫、私には大きな翼があるから」
そう言って、君はここから飛びおりた

最期まで笑顔で僕を見ていた
まるで、呪縛から解き放たれたかのような笑みで
君がその翼でどこに行こうとしたのか、僕にはわからないよ
だって僕には君の翼は見えなかったんだから

consciousness

時々、僕は僕を殺してしまいたくなる。
どうしようもなく消えてしまいたくなる。
誰にも知られることなく姿をくらましたくなる。
誰かと入れ替わりたくなる。
僕が自分を嫌いになる瞬間がある。
そうして「僕」は生まれた。
すべてを裁く能力(ちから)と鋭利な感覚を持った「僕」が……。

the beginning

僕は幸せだった。
だけどその幸せが偽りの絆だと知った時、
僕は現実から逃げだした。
乗り物を次から次へと乗りかえて、
街から街へと転々として、
ようやく僕を知らない街にたどりついた。
あてもなく歩き続けた。
そう。目的なんてなかったのだから。
ただ、偽りの絆から逃げ出したかっただけ。
誰も僕を知らない場所に行きたかっただけ。

死のうとも考えた。
だけど僕にはそんな勇気はなかった。
たぶん、心の中で何かを期待していたんだと思う。

そして気付いた。
僕は僕から逃げる事ができないという事に。
だから自分の居場所を探しに行こう。
自分にとって一番だと言いきれる場所を。
きっと幸せもそこで待っているはず。
偽りの絆よりも幸せになれる所へ。
生きていてよかったと思えるように。

地図にない場所

III

grateful letter

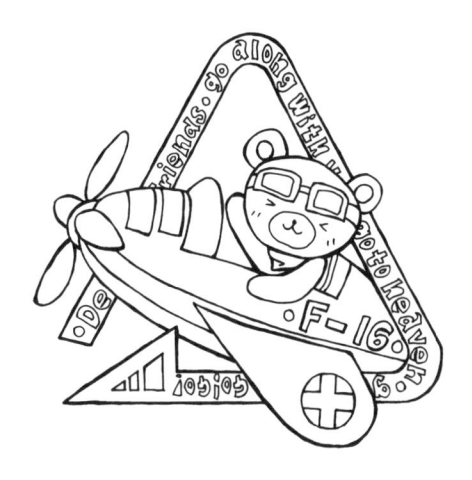

---

grate・ful [gréitfəl] 形 1 (人に；…のことで)感謝する (*to*...；*for, that*節)；(…して)ありがたく思う(*to* do)；(限定)謝意を表す. 2 (文)愉快な，ここちよい；うれしい；さわやかな.

詩(うた)

親愛なる友へ
大切な家族へ
僕を支えてくれた人たちへ

心からの感謝と
数えきれないほどの「ありがとう」を
この詩(うた)に込めて

III. *grateful letter*

著者プロフィール

白原 果樹（しろはら かじゅ）

1979年9月14日生まれ
佐賀県出身

地図にない場所

2001年12月15日　初版第1刷発行

著　者　白原　果樹
発行者　瓜谷　綱延
発行所　株式会社 文芸社
　　　　〒112-0004　東京都文京区後楽2-23-12
　　　　　　　　　　電話　03-3814-1177（代表）
　　　　　　　　　　　　　03-3814-2455（営業）
　　　　　　　　　　振替　00190-8-728265
印刷所　株式会社平河工業社

©Kaju Shirohara 2001 Printed in Japan
乱丁・落丁本はお取り替えいたします。
ISBN4-8355-2921-9 C0092